Juan Martín Pérez

Schwarze Retter

Eine Erzählung

Bibliografische Information der Deutschen Nationalbibliothek:
Die Deutsche Nationalbibliothek verzeichnet diese Publikation in
der Deutschen Nationalbibliografie; detaillierte bibliografische
Daten sind im Internet über dnb.dnb.de abrufbar.

Herstellung und Verlag:
BoD – Books on Demand, Norderstedt

ISBN 978-3-748-11641-7

I.

Viel schöner hätte der Tag nicht mehr werden können, jedenfalls nicht, wenn man das Wetter als Maßstab heranzog. Morgens war es noch grau gewesen, aber jetzt schien die Sonne von einem strahlend blauen Himmel, der nur durch einzelne Schäfchenwolken aufgelockert wurde. Die leichten Wellen, die mit leisem Rauschen an den Strand plätscherten, ließen ab und an helle Lichtpunkte aufblitzen. Auf dem Wasser tanzten die kleinen, in leuchtenden Farben gestrichenen Boote der Fischer an ihren Ankertauen sanft auf und nieder. Ein idyllischer Anblick, wie gemacht, um sich an seinen Liebsten zu lehnen und sich romantischen Träumen hinzugeben.

Sie aber saß allein und ließ ihren Gedanken freien Lauf.

Hannahs dreiwöchiger Urlaub in Südamerika hatte nicht den Verlauf genommen, den sie sich gewünscht hatte. Die dauerhafte Nähe und die Begegnung mit der für beide völlig neuen Kultur Südamerikas hatten die Beziehung zu Daniel nicht etwa wie erhofft vertieft, sondern im Gegenteil vollständig ruiniert. Der letzte Streit war so heftig gewesen, dass Daniel in seiner Wut seinen Rückflug nach Deutschland um eine Woche vorgezogen hatte. Seine

Freundin – oder besser Ex-Freundin, wie Hannah mit einer Spur Bitterkeit dachte – hatte er überhaupt nicht gefragt, sondern ihr nur morgens mitgeteilt, dass er jetzt ein Taxi zum Flughafen nehme. Sie war bestürzt gewesen, aber ihrerseits den Flug für teures Geld umzubuchen und ihm nachzureisen ließen weder ihr Budget noch ihr Stolz zu. Stattdessen hatte sie alle geplanten Touren ins Umland abgesagt, sich in einem noch billigeren Hostel einquartiert und versucht, das Beste aus der Situation zu machen. Sollte Daniel doch zu Hause alleine in seinem Saft schmoren und sich fragen, ob es ihr gut ging!

Fünf Tage waren so vergangen. Gestern hatte Hannah beschlossen, ihren Urlaub mit einem schönen Tag am Meer zu beenden. Und so hatte sie sich heute früh auf den Weg gemacht. Eine gute Dreiviertelstunde brauchte der Bus vom Hostel im Stadtzentrum Valdivias bis zur Endstation der Linie 20 in Niebla, wo sich Hannah eine Weile auf einer kleinen Feria aufgehalten und die Auslagen der Händler bewundert hatte. Von Niebla aus waren es vielleicht noch weitere zehn Minuten Fahrzeit mit dem Bus bis nach Los Molinos gewesen. Den ganzen restlichen Vormittag hatte sie in dem kleinen Ort an der chilenischen Küste verbracht. Sie hatte nach hübschen Fotomotiven gesucht und sie vor allem im Wechselspiel aus Licht und Schatten, Wolken und Himmel, Bergen und Wasser gefunden. Zum Mittagessen hatte sie einen großen Teil ihrer verbliebenen Pesos investiert und sich einen Teller frischer Meeresfrüchte gegönnt. Auf der Außenterrasse des Restaurants sitzend, genoss sie die frische Luft und den freien Blick über die Corral-Bucht, welche die Mündung des Río Valdivia in den Pazifik bildete. Sie fühlte sich so frei und entspannt wie schon lange nicht mehr.

Mittlerweile war es früher Nachmittag geworden, und Hannah überlegte, wie sie den Rest des Tages verbringen wollte. Sich in den Bus zu setzen und einfach nur zurück nach Valdivia zu fahren erschien ihr als die reinste Verschwendung. Ein Spaziergang würde einen guten Abschluss des Tages bieten. Hannahs Blick schweifte über den Strand und die Bucht. Ob man wohl dort entlang bis nach Niebla laufen konnte? Ein paar Felsen reichten anscheinend weit ins Meer hinein, aber die ließen sich bestimmt überwinden. Sie würde es auf einen Versuch ankommen lassen.

Gesagt, getan. Hannah schulterte ihren kleinen Rucksack, hängte sich ihre Kamera um und überquerte die Straße, um entlang der Uferpromenade zu laufen, bis diese auf den Strand führte. Wie schon in den vergangenen drei Wochen fielen ihr auch heute wieder die zahllosen Hunde auf, die die Straßen bevölkerten. Es gab sie in praktisch jeder Größe und in jeder Schattierung. Alle Hunde, denen sie in ihrer Zeit in Südamerika begegnet war, hatten gemein, dass sie zwar neugierig näher kamen, wenn man beim Essen saß, die Menschen und den Verkehr um sich herum aber ansonsten weitgehend ignorierten. Keiner der Hunde war je aggressiv geworden, allerdings hatte auch keiner je Nähe gesucht. Die Hunde von Los Molinos bildeten da keine Ausnahme. Einer lag auf der Treppe des Restaurants im Schatten, ein anderer döste in der einzigen freien Parklücke davor, ein weiterer räkelte sich an der Mauer der Uferpromenade in der Sonne. Mochten diese Tiere auch ein Hundeleben führen, so war es doch offensichtlich ein entspanntes.

Kaum zehn Meter war Hannah gelaufen, da hörte sie ein leises Tippeln, wie es Pfoten auf Asphalt machen. Sie sah sich um. Ein Stück hinter ihr lief ein großer, schwarzer Hund. Hannah zuckte mit den Schultern und ging weiter. Doch sie kam sich verfolgt vor. Mehrmals drehte sie sich um, während sie die Promenade entlangging. Der Hund lief stets ein paar Meter hinter ihr, wurde langsamer, wenn sie langsamer wurde, wurde schneller, wenn sie einen Schritt zulegte.

Schließlich erreichte sie das Ende der Promenade und machte eine kurze Pause. »Wer bist du denn?«, fragte Hannah ihren schwarzen Begleiter, der jetzt dichter aufgeschlossen war, aber immer noch außer Reichweite ihrer Arme blieb. Natürlich, das Tier konnte nicht antworten, zeigte allerdings auch sonst keine Reaktion, außer Hannah unverwandt anzublicken. Die dunkelbraunen Augen besaßen den gleichen leicht traurigen Ausdruck, der allen Hunden der Welt gegeben ist. Hannah musste kurz gegen aufsteigendes Mitleid ankämpfen. Sie widerstand dem Impuls, das Tier streicheln zu wollen, und ging stattdessen zum Strand hinunter.

Es könnte ein Traumstrand sein, dachte sie, wäre da nicht der Müll, der leider auch hier überall herumlag. Aber egal, ein einziger Blick über die Bucht genügte, um den Müll zu vergessen. Der Sand war locker, das Gehen anstrengend. Ein Spaziergang grenzte so fast an Sport. Erst als Hannah dichter ans Wasser ging, wurde es besser. Hier war der Sand nasser und kompakter, und sie sackte nicht mehr bei jedem Schritt ein. Fasziniert betrachtete Hannah die Spuren, die die Wellen auf den Sand malten. Ein wunderbares Motiv für ein paar Aufnahmen mit der Makrofunktion der Kamera. Hannah kniete sich hin und machte die Bilder. Als sie wieder aufblickte, sah sie einen schwarzen Hund aus einiger Entfernung auf sich zurennen. Wie war ihr vierbeiniges Geleit so schnell dorthin gekommen? Sie schaute neben sich. Der Hund aus dem Ort war immer noch da und wedelte in freudiger Erwartung des Artgenossen. Offenbar kannten sich beide Tiere, denn sie begrüßten sich munter und spielerisch.

Von diesem Moment an hatte Hannah zwei Gefährten auf dem Strandspaziergang. Nicht dass ihr das etwas ausgemacht hätte. Allerdings fragte sie sich mit fortschreitender Zeit, warum die Hunde wohl bei ihr waren. Sie hatte nichts Essbares bei sich, daran konnte es also nicht liegen. Die Tiere bettelten auch nicht, sie waren in keiner Weise zudringlich. Sie verhielten sich aber auch nicht so wie zwei Ausreißer, die endlich einmal leinenlose Freiheit genießen konnten. Sie waren unaufdringlich, aber dennoch spürbar anwesend.

An den Felsen angekommen, setzte sich Hannah in den Schatten, um einen Schluck Wasser zu trinken. Die Hunde kamen näher, blieben aber, wie schon die ganze Zeit, außerhalb ihrer Reichweite. Sie nutzte die Gelegenheit, um die Tiere näher zu betrachten. Nein, das waren keine gewöhnlichen Straßenhunde. Wenn ihre Kenntnisse über Hunderassen sie nicht trogen, dann waren es beides reinrassige Labrador Retriever. Beide nahezu gleich groß, beide mit dem gleichen schwarzen Fell, welches im Sonnenschein glänzte und dabei einen rötlichen Touch bekam. Die Hunde waren offensichtlich gut gepflegt und gut genährt. Man hätte sie fast verwechseln können, wäre nicht einer der beiden etwas massiger gebaut gewesen, während der andere etwas zierlicher war und ein rotes Halsband trug. Ein Rüde, eine Hündin.

Hannah wandte ihre Aufmerksamkeit dem weiteren Weg zu. Die Klippe hatte sie von Weitem irgendwie an eine Nase erinnert. Aus der Nähe betrachtet, erweckte sie diesen Eindruck nicht mehr. Die steile Wand war vom Strand aus ein unüberwindliches Hindernis, doch dem Klippenfuß vorgelagert lagen zahlreiche Felsen, die größeren von ihnen übermannshoch, dazwischen diverse kleinere. Sie erklomm ohne größere Mühe den ersten Felsblock und blickte prüfend auf das sich jetzt im grellen Sonnenschein darbietende Gesteinsfeld vor ihr. Sieht eigentlich machbar aus, befand sie. Praktisch genau so, wie es vom Strand aus gewirkt hatte, ging es weiter. Größere Felsen wechselten sich mit kleineren ab, dazwischen Spalten, in denen das Wasser stand. Die gelbgrauen Steine wirkten trocken, nur ein paar dunkle Flecken aus vertrockneten Algen erinnerten daran, dass das Wasser auch höher stehen konnte. Ein paar hundert Meter nur, dann würde Hannah auf der anderen Seite der Klippe wieder am Strand stehen. Sie kletterte los.

Schnell zeigte sich, dass sie nicht als erster Mensch diese Idee gehabt hatte. Immer wieder fand sie Zigarettenkippen, leere Bierdosen und anderen Müll in den Vertiefungen der Steine. Aber es war auch wirklich nicht schwierig voranzukommen, hatte man den ersten größeren Felsen erst geschafft. Zu Hannahs Überraschung waren die beiden Hunde nicht am Strand zurückgeblieben. Sie bewegten sich erstaunlich behände über alle Hindernisse hinweg und fanden auch dann Möglichkeiten, in Hannahs Nähe zu bleiben, wenn die Breite der Zwischenräume oder der zu überwindende

Höhenunterschied ihnen nicht erlaubte, den gleichen Weg wie sie zu nehmen. Mehr noch, einer von ihnen ging meist voraus, sodass Hannah sich an schwierigeren Stellen daran orientieren konnte. Im Großen und Ganzen hatte sie aber keine Probleme, fast wirkte es so, als habe Mutter Natur einen passenden Weg bereits vorgeplant.

Ausgetretenen Pfaden zu folgen war allerdings noch nie Hannahs Ding gewesen. Vielmehr reizte sie der Blick auf die Klippe und die Bucht von den vordersten Felsen aus, die weit in das offene Wasser hinausragten. Natürlich kam sie nicht mehr so schnell voran. Die Spalten wurden breiter, die Steine immer nasser. Schließlich erreichte sie doch die Spitze, und trotz des feucht-glitschigen Algenbewuchses ließ sie sich dort nieder. Jede anrollende Welle umgab sie mit Nebel aus fein zerstäubter, weißer Gischt, welche die Luft leicht salzig schmecken ließ. Hannah holte ihre Kamera aus der Tasche. Die Fotos würden großartig werden!

Die durch die Jeans kriechende Feuchtigkeit wurde langsam unangenehm. Hannah stand auf, was sich mit umgeschnalltem Rucksack auf dem felsigen, durch die Feuchtigkeit rutschigen Untergrund als nicht so einfach erwies. Um die Balance zu halten, machte sie einen kleinen Ausfallschritt.

Sie trat ins Leere.

Und fiel.

II.

Hannah brauchte eine Weile, um aus der Dunkelheit der Bewusstlosigkeit zurück in das Licht der Realität zu finden. Hämmernde Kopfschmerzen lähmten ihre Gedanken. Unwillkürlich fasste sie sich an die Stirn und spürte den weichen Stoff eines Verbandes. Stöhnend setzte sie sich auf und blickte sich um. Zarte Sonnenstrahlen fielen durch dünne Vorhänge und tauchten ihre Umgebung in freundliches Licht. Das Zimmer war klein und irgendwie altmodisch eingerichtet, aber offensichtlich ziemlich sauber. Wo auch immer sie jetzt war, wie ein typisches Krankenhaus sah das hier nicht aus.

Aber was war geschehen? Durch den zähen Nebel in ihrem Kopf kam langsam die Erinnerung an ihren Sturz zurück. Sie erinnerte sich auch daran, wie ihr die plötzliche Kälte des Wassers den Atem geraubt hatte. Für einen Augenblick war sie regelrecht gelähmt gewesen. Im Nu hatten sich Kleidung und Haare mit Wasser vollgesogen und sie unbarmherzig in die Tiefe gezogen. Behindert von den Gurten des Rucksacks und der Kamera, hatte sie ihre Arme kaum vernünftig bewegen können. Verzweifelt hatte sie darum gekämpft, den Wellen zu entkommen, die sie hin und her wirbelten.

Doch die rohe Gewalt des Wassers hatte ihr keine Chance gelassen. Sie wusste noch, wie zwischen den tanzenden Lichtpunkten auf der Wasseroberfläche ein dunkler Schatten erschienen war, als hätte jemand den schwarzen Umriss aus der Helligkeit des Sonnenscheins herausgestanzt. Danach musste sie bewusstlos geworden sein.

Die Anstrengung, sich zu erinnern, hatte Hannah schon wieder ermüdet. Sie ließ sich zurück in die Kissen sinken. Trotz – oder gerade wegen – ihrer Schmerzen schlief sie zügig wieder ein.

Als sie das nächste Mal aufwachte, fühlte sie sich schon deutlich besser. Die Kopfschmerzen hatten etwas nachgelassen. Dafür nahm sie jetzt einen puckernden Schmerz seitlich am Kopf wahr. Sie tastete nach der Stelle, spürte durch den Verband aber nichts. Was war eigentlich aus ihrer Kamera geworden? Hannah ließ den Blick durch den Raum schweifen, von dem Fotoapparat war jedoch nichts zu sehen. Wehmütig dachte sie an die verloren gegangenen Fotos. Liebend gerne wollte Hannah jetzt wissen, was eigentlich geschehen war. Sie musste versuchen, aufzustehen und nachzusehen, ob sie jemanden finden würde, der ihr dazu etwas sagen konnte.

Noch bevor sie allerdings die Kraft aufbringen konnte, diesen Gedanken in die Tat umzusetzen, ging die Tür auf. Herein kam ein drahtiger, energisch wirkender Mann. Falls er überrascht gewesen sein sollte, Hannah wach vorzufinden, so merkte man es ihm nicht an.

»Guten Tag, Señorita Weber. Schön zu sehen, dass Sie wach sind. Wie geht es Ihnen?«

Zu ihrem Erstaunen sprach er sie auf Deutsch an, wenn auch mit hörbarem Akzent. Die Gelegenheit, sich von dieser Überraschung zu erholen oder auf seine Frage zu reagieren, gab er ihr allerdings gar nicht erst, sondern redete einfach weiter.

»Sie fühlen sich sicher noch ziemlich schwach. Sie müssen mit dem Kopf ziemlich heftig aufgeschlagen sein. Haben Sie Kopfschmerzen? Ist Ihnen übel?«

»Ja. Ein wenig. Woher wissen Sie überhaupt meinen Namen?«, erwiderte Hannah.

»Oh, Entschuldigung. Wir haben Ihren Pass bei Ihren Sachen gefunden. Daher weiß ich auch, dass Sie Deutsche sind. Ich bin übrigens Diego, Diego Körner Zaldívar.«

»Hannah. Wo bin ich? Und was ist passiert?«

Ein Lächeln huschte über Körners Gesicht. »Willkommen in Los Molinos, in meinem bescheidenen Heim. Lass mich kurz nach der Wunde sehen.« Mit geübten Händen wickelte er den Verband ab.

»Sie sind Arzt?« Ihre Erziehung verbot ihr, es ihrem Gesprächspartner gleichzutun und ebenfalls zum Du zu wechseln.

»Ja, ganz recht.« Es gab ein klatschendes Geräusch, als er Latexhandschuhe über seine Hände schnappen ließ.

»Ssssssssss...« Sie sog scharf Luft ein. »Au!«

»Entschuldigung. Ich muss das hier nur kurz wechseln. Sieht aber nicht so schlecht aus.« Er befingerte kurz die schmerzende Stelle an Hannahs Kopf, legte dann den Verband neu an.

»Danke.«

»Gern geschehen. Wie fühlst du dich? Hast du irgendwelche Beschwerden?«

»Mir tut der Kopf fürchterlich weh.«

Körner nickte. »Ich werde dir etwas dagegen geben. Wie sieht es mit der Übelkeit aus?«

»Da ist nichts. Nur der Kopf.«

»O.k. Weißt du, welchen Tag wir heute haben?«

Hannah zögerte. »Freitag?«, fragte sie vorsichtig.

»Na, nicht ganz. Es ist inzwischen schon Samstag . Darf ich?« Der Arzt griff nach Hannahs Handgelenk. »Sag mir doch bitte deinen ganzen Namen und dein Geburtsdatum.«

»Hannah Weber, 28. November 1989.«

Wieder nickte Körner. »Würdest du bitte einmal schauen?« Er zog eine kleine Taschenlampe heraus und leuchtete in Hannahs Augen. Danach bewegte er seine Finger vor ihr und bat sie, ihnen mit ihrem Blick zu folgen. Mit dem Resultat der Untersuchung wirkte er sehr zufrieden.

»Bitte erzählen Sie mir noch, was passiert ist«, bat Hannah. »Wie komme ich hierher?«

»Alles zu seiner Zeit. Ich denke, du solltest erst mal etwas zu dir nehmen, bevor wir ans Erzählen gehen.«

Ganz Unrecht hatte er nicht. Ein Teil ihrer Schwäche rührte bestimmt auch von der spürbaren Leere in ihrem Bauch her. Hinzu kam, dass ihr Protest im Moment viel zu aufwendig erschien.

Der Arzt ließ Hannah allein. Nach ein paar Minuten brachte eine kleine Frau ein Tablett mit einem Teller Suppe, wobei sie unentwegt auf Spanisch plapperte. Die Kopfschmerzen bremsten Hannahs Fremdsprachenkenntnisse aber momentan völlig aus, sodass sie lediglich mit einem knappen »Gracias« antwortete und dafür einen schiefen Blick erntete.

Einen Moment später, sie hatte noch kaum einen Löffel zu sich genommen, kam Körner wieder herein. Er zog sich einen Stuhl heran und setzte sich.

»Sagen Sie mir jetzt, was geschehen ist?«

»Ich hatte eigentlich die Hoffnung, dass du mir das sagen könntest. Aber gut, solange du noch isst, werde ich beginnen.«

»Bitte.«

Die Geschichte war recht schnell erzählt. Ein spät einlaufender Fischkutter, der eigentlich nur noch mal hinausgefahren war, weil der frisch reparierte Motor getestet werden sollte, hatte weit draußen in der Corral-Bucht etwas driften sehen. Der Skipper war dem vermeintlichen Treibgut ausgewichen und bemerkte erst beim Passieren, dass es sich um den Körper eines Menschen handelte. Sofort hatte er sein Schiff gewendet und die bewusstlose Person aus dem Wasser geborgen. Anschließend hatte er direkten Kurs auf seinen Heimathafen genommen und die Schiffbrüchige in die Obhut des einzigen Arztes im Ort gegeben – eben zu Diego Körner. Der wiederum hatte zusammen mit seiner Frau Hannah aus der nassen Kleidung befreit und sie so gut wie unter den gegebenen Umständen möglich untersucht. Weil er zu dem Schluss gekommen war, dass abgesehen von der Wunde am Kopf und kräftiger Unterkühlung keine weitere ernsthafte Verletzung vorlag, hatte er sie danach warm in Decken eingepackt und in dem Zimmer untergebracht, in dem sie auch erwacht war.

Während Körner erzählte, hatte Hannah Gelegenheit, ihn näher zu betrachten. Wie so viele Männer hier hatte er volle, dunkle Haare und nicht minder dunkle Augen. Sie hatte sich den ganzen Urlaub über schon schwergetan, das Alter der Chilenen realistisch einzustufen. Auch jetzt war sie sich unschlüssig. Letztlich beschloss sie, Körner auf Mitte 40 zu schätzen.

»Wie kommt es, dass Sie so gut Deutsch sprechen?«

Körners Haltung straffte sich. »Meine Familie ist damals zusammen mit Carlos Anwandter in Chile eingewandert. Wir haben seitdem immer großen Wert darauf gelegt, unsere Traditionen aufrechtzuerhalten!«

Natürlich, darauf hätte sie auch selbst kommen können. Hier im »Kleinen Süden« Chiles gab es viele Nachfahren deutschsprachiger Einwanderer. Nicht wenige von ihnen schoben diese Herkunft mit stolzgeschwellter Brust wie eine Bugwelle vor sich her. Wie sie aus dem Reiseführer wusste, war Anwandter eine Art Repräsentant oder Sprecher des ersten größeren Kontingents deutscher Einwanderer gewesen. Auch heute, mehr als 150 Jahre später, wurde sein Andenken in Ehren gehalten. Die Familiengeschichte auf seine Gruppe zurückführen zu können kam im Kreise der Deutsch-Chilenen einem Adelsschlag gleich. Hannah schämte sich etwas für ihre unüberlegte Frage, obwohl Körner nicht den Eindruck vermittelte, beleidigt zu sein. Anscheinend hielt auch er viel auf seine Abstammung.

»So weit die Geschichte deiner Rettung. Aber mich würde ja interessieren, warum du überhaupt im Wasser warst.« Hartnäckig war er, das musste Hannah schon zugeben.

»Eigentlich gibt es da gar nicht so viel zu erzählen. Ich wollte nur einen netten Urlaubstag verbringen und war am Strand. Weil das Wetter so schön war, habe ich gedacht, ich könnte am Strand zurück nach Niebla laufen. So weit ist es schließlich nicht. Irgendwann war ich dann an der Klippe. Ich meinte, die sieht ja gar nicht so schlimm aus. Ich bin einfach losgeklettert, ich dachte, ich komme ohne großen Aufwand um sie herum. Ging eigentlich auch ganz gut. Und dann wollte ich zur Spitze der Felsen, für ein paar schöne Fotos, wissen Sie? War auch kein Problem. Aber als ich wieder aufgestanden bin, da muss ich ausgerutscht sein oder gestolpert. Ich weiß nicht mehr. Das Nächste, woran ich mich erinnere, ist dieses Zimmer hier.«

Der Arzt hatte schweigend zugehört und nickte nur leicht mit dem Kopf. Hannah war froh, dass er nichts weiter zu ihrem Bericht sagte. Es war auch nicht nötig, den Vorwurf der Leichtsinnigkeit in Worte zu fassen. Sein Gesichtsausdruck allein sprach Bände.

Den Rest des Tages verbrachte sie größtenteils schlafend in ihrem Bett und versuchte, sich zu erholen. Irgendwann abends fand sie neben ihrem Bett ein Tablett mit Abendessen. Augenscheinlich hatte sie so fest geschlafen, dass sie überhaupt nicht gemerkt hatte, wie jemand ins Zimmer gekommen war. Sie aß ein paar Happen Brot. Da sie sich deutlich besser fühlte als noch am Vormittag, stand sie auf. Sie hatte vom Bett aus einen Schrank mit Büchern gesehen, und obwohl Hannah sich bewusst war, dass sie im Begriff war, in die Privatsphäre fremder Menschen einzudringen, siegte die Neugier. Nicht zuletzt wollte sie wissen, ob es sich um Lektüre auf Deutsch oder auf Spanisch handelte. Doch sie kam nicht dazu, sich den Büchern zu widmen.

Neben dem Bücherschrank stand eine Kommode, die mit etwas Nippes zur Dekoration geschmückt war. Ihr Blick war jedoch an einer früher schwarz-weißen, jetzt etwas vergilbten Fotografie hängen geblieben, die ebenfalls dort stand. Darauf war ein junges Paar unter einem Baum mit ausladenden Ästen zu sehen. Während der Mann für sein Alter etwas zu ernst und würdevoll in die Kamera schaute, hatte der Blick seiner Partnerin etwas Keckes an sich. Durch die Haltung der beiden – sie an ihn gelehnt, er besitzergreifend mit einem Arm um ihre Hüfte – war die gegenseitige Zuneigung auch auf der alten Aufnahme noch lebendig spürbar. Hannahs Aufmerksamkeit war jedoch nicht von den Verliebten auf dem Bild gefesselt worden. Viel interessanter fand sie die beiden Hunde, die links und rechts ihrer Besitzer saßen: zwei große, dunkle Labrador Retriever, der eine etwas massiger, der andere zierlicher und mit einem Halsband, das sich auf dem Foto hellgrau vom Fell des Tieres abhob.

Sie betrachtete noch immer nachdenklich die alte Fotografie in ihrer Hand, als Körner hereinkam.

»Hallo, Hannah. Ich wollte nur kurz sehen, wie es dir geht. Es ist gut, dass du schon aufstehen kannst.«

Ohne auf seine Begrüßung einzugehen, hielt Hannah das Bild hoch. »Diese Hunde kenne ich. Die beiden Tiere haben mich bei meinem Spaziergang am Strand begleitet.«

Der Gesichtsausdruck des Arztes wurde überraschend hart. »Da musst du dich täuschen. Das sind die Hunde meiner Tante. Meine Tante ist übrigens die junge Frau auf dem Foto. Aber die Tiere sind seit Jahrzehnten tot.«

»Nein, ganz bestimmt, das waren diese Hunde.«

»Du brauchst noch Ruhe, Hannah. Schlaf noch ein bisschen und komm wieder zu Kräften.« Der Arzt verschwand so plötzlich, wie er

gekommen war. Offensichtlich hatte er beschlossen, das Thema zu ignorieren.

Missmutig legte sich Hannah wieder ins Bett
und schaltete das Licht aus. Es war ihr schlei-
erhaft, womit sie Körner verärgert haben
könnte. Er hatte natürlich recht, sie war noch
lange nicht wieder fit. Aber dass er ihre Aus-
sage anzweifelte, wurmte sie dennoch. Sie war
doch kein kleines Kind, dem man einreden
konnte, was es gesehen hatte!

III.

Als Hannah am nächsten Morgen aufwachte, war sie nicht allein. Eine alte Frau saß neben dem Bett und betrachtete gedankenverloren die Fotografie, die Hannah am Vorabend aufgefallen war. Als sie merkte, dass sie beobachtet wurde, schaute sie auf.

»Buenos dias, Señora.« Hannah hoffte, eine angemessen respektvolle Anrede verwendet zu haben.

»Buenos dias, Señorita Weber.« Die Fremde neben dem Bett sprach auf Deutsch weiter: »Ich hoffe, du hast gut geschlafen. Ich habe dir außerdem dein Frühstück mitgebracht.« Mit einer leichten Handbewegung deutete sie auf einen mit geschnittenem Obst sowie Brot, Wurst und Käse gut gefüllten Teller auf dem Nachttisch.

Hannah war froh, ihre Muttersprache nutzen zu können. Auch wenn die Kopfschmerzen deutlich nachgelassen hatten, empfand sie es als anstrengend, spanisch reden zu müssen. »Habe ich. Vielen Dank, Doña …?«

»… Maria«, ergänzte die alte Frau. »Diego hat mir erzählt, dass er dich hier pflegt.«

»Dafür bin ich ihm sehr dankbar«, meinte Hannah steif. Sie wusste nicht recht, wie sie reagieren sollte.

»Mein Diego ist so ein guter Junge. Er war schon als Kind immer hilfsbereit. Hat er dir erzählt, was passiert ist?«

»Ja, hat er. Ein Fischer hat mich im Wasser gefunden und gerettet.«

»So ist es. Carlos. Hat Diego dir auch gesagt, was sich die Leute im Dorf darüber erzählen?«

»Nein. Aber ich nehme an, so oft kommt es nicht vor, dass jemand gerettet werden muss.«

»Ach, das kommt vielleicht nicht häufig vor, aber doch immer wieder mal. Nein, interessanter ist, was Carlos darüber berichtet, wie du aufgefunden wurdest.«

»Ich verstehe nicht … Ich dachte, er hätte mich treiben sehen.«

»Das ist es ja. Du bist entgegen der Strömung getrieben. Außerdem warst du so schwer behängt mit deinen Sachen, dass es ein Wunder ist, dass du nicht untergegangen bist.« Die Stimme von Doña Maria bekam etwas Hektisches. »Und dann deine Arme: weit abgespreizt, fast wie gekreuzigt. In der Haltung treibt kein Mensch einfach nur so!«

Hannah sagte nichts. Was hätte sie auch sagen sollen, sie war schließlich bewusstlos gewesen und konnte sich an nichts davon erinnern. Doch so froh sie auch über ihre Rettung war, erschien ihr die Erzählung über ihr Auffinden gerade einen Beigeschmack von Anglerlatein zu bekommen.

»Hast du am Strand, bevor du gefallen bist oder auch während du im Wasser warst, zwei schwarze Hunde gesehen?«, fragte Doña Maria in die entstandene Stille hinein.

Hannah stutzte angesichts der für sie völlig unerwarteten Frage. »Ja, habe ich. Am Strand.«

»Beschreib sie mir.«

»Das waren zwei große, schwarze Hunde. Labradore, glaube ich.«

»Ist dir noch mehr aufgefallen?«

»Na ja, ich glaube, es waren ein Rüde und eine Hündin. Sehr schöne Tiere übrigens. Die Hündin hatte ein rotes Halsband. Und ich glaube, die Hunde kannten sich, die haben miteinander gespielt.«

»Konntest du sie streicheln?«

Die junge Frau legte ihre Stirn in Falten. Worauf wollte Doña Maria hinaus? »Nein, konnte ich nicht. Dafür waren sie immer zu weit weg. Aber ich streichele auch keine Straßenhunde.«

»Das waren keine Straßenhunde.«

»Was waren das denn dann für Tiere? Und warum fragen Sie mich das alles, Señora?«

»Ich möchte dir eine Geschichte erzählen, Hannah, doch vorher solltest Du eine Kleinigkeit essen.«

Hannah nahm artig ein Stück Apfel vom Teller, war aber viel zu neugierig zu erfahren, was es mit den Hunden auf sich hatte.

»Bitte erzählen Sie, Doña Maria«, sagte sie ungeduldig.

Die alte Dame holte tief Luft. »Vor vielen Jahren, als ich noch ein junges Mädchen war, da lebte meine Familie drüben in Niebla. Wir waren zu viert. Meine Eltern, meine ältere Schwester Consuelo und ich wohnten in einer kleinen Hütte nahe der Festung. Über Consuelo muss man wissen, dass es drei Dinge gab, die sie über alles liebte: das Meer, ihre beiden Hunde und ihren Alejandro. Sie waren eigentlich immer am Strand, auch bei Wind und Wetter.

Eines Tages, es muss auch so ungefähr diese Jahreszeit gewesen sein, war ein Gewitter vorhergesagt worden. Hier leben wir alle mit dem Meer, und viele aus den Dörfern in der Umgebung sind Fischer. Wir wissen, dass die Bucht gefährlich sein kann. Man erkennt dann schon an der Art der Wellen und des Windes, dass was auf einen zukommt. Natürlich wussten das auch Consuelo und Alejandro. Aber sie wollten unbedingt noch kurz mit dem Boot hinaus, so wie sie es jeden Sonntagnachmittag taten. Unsere Mutter hat sie noch gewarnt, aber sie haben nur gelacht und gemeint, sie würden schon aufpassen. So fuhren sie hinaus, wie immer mit beiden Hunden dabei. Was dann genau passiert ist, weiß man nicht. Vielleicht war das Gewitter schneller, als sie dachten, vielleicht haben sie auch nicht aufgepasst. Die beiden waren jung und verliebt, da mag ihnen der Blick für das Wetter abhandengekommen sein. Jedenfalls gab es nachmittags einen fürchterlichen Gewittersturm. Von Alejandro und Consuelo keine Spur. Sie kamen einfach nicht heim, auch nicht, als der Sturm vorüber war. Die anderen Dorfbewohner wussten ebenfalls nichts. Keiner von ihnen hatte etwas von meiner Schwester und ihrem Liebsten gehört oder gesehen. Ich weiß noch, dass Vater nach seinem Rundgang durchs Dorf im strömenden Regen unten am Strand in der Hoffnung auf ein Lebenszeichen gewartet hat, während Mutter und ich hier zu Hause gebetet haben.«

Doña Maria hielt in der Erzählung inne. Offensichtlich war sie tief in ihrer Erinnerung versunken. Gerade als Hannah nach dem Schicksal Consuelos fragen wollte, sprach die alte Frau weiter.

»Es war eine furchtbare Nacht, in der wir alle keinen Schlaf gefunden haben. Nie wieder im Leben habe ich eine derartige Angst ausstehen müssen. Ein dauernder Wechsel zwischen Bangen und Hoffen. Jedes Geräusch lässt einen zusammenfahren, weil man lauscht, ob es vielleicht die Vermissten sind. Aber es ist doch nur der Regen oder irgendetwas, das im Wind klappert. Und dann liegt man in seiner Kammer und stellt sich bildlich vor, wie die beiden sich da draußen verzweifelt an ihr Boot klammern, um nicht zu ertrinken.«

Vor ihrem inneren Auge sah Hannah ein Mädchen in einer kleinen Kammer im flackernden Licht einer Kerze dem Trommeln des Regens lauschen und leise beten. Sie wagte kaum zu atmen, um die Erzählung von Doña Maria nicht zu stören.

»Aber auch die längste Nacht ist irgendwann einmal vorbei. Im Morgengrauen kam Vater heim. Obwohl der Regen längst aufgehört hatte, war er noch immer bis auf die Knochen durchnässt. Viel schlimmer war aber der hoffnungslose Ausdruck in seinem Gesicht. Das Warten hatte tiefe Falten hinein gegraben, außerdem hätte ich schwören können, dass er deutlich mehr graue Haare hatte als am Vortag. Vater sagte nichts, aß nichts, er zog sich nur trockene Sachen an und starrte aus dem Fenster. Er hätte natürlich zur Arbeit gemusst, aber das war ihm wohl egal. Ich glaube aber auch, dass jeder im Dorf Verständnis dafür hatte. Er saß immer noch am Fenster und hatte den ganzen Tag noch keinen Ton gesprochen, als auf einmal der kleine Miguel ganz aufgeregt angerannt kam. Sein Rufen war schon von Weitem zu hören, auch wenn wir es nicht glauben konnten: Man hatte Consuelo und Alejandro gefunden!

Die Fischer waren in den frühen Morgenstunden ausgelaufen, so wie jeden Morgen. Einer von ihnen, José, hatte irgendwann im Wasser zwei Gegenstände treiben sehen, die er erst für Äste oder Ähnliches hielt. Merkwürdigerweise schienen diese Dinger seinem Kutter näher zu kommen, unabhängig von der Strömung. Deshalb war er dichter herangefahren, um die Sache näher in Augenschein zu nehmen. Man sagt, José sei damals fast vor Schreck über Bord gegangen, als er erkannte, worum es sich in Wirklichkeit handelte. Im Wasser lagen meine Schwester und ihr Freund, beide bewusstlos. Jeder der beiden wurde von einem der Hunde über Wasser gehalten und gezogen. Natürlich haben José und seine Männer die beiden, so schnell sie konnten, an Bord genommen, erst Consuelo, dann Alejandro. Und sie wollten auch die Hunde an Bord holen, doch die waren auf einmal verschwunden. Die Tiere müssen meine Schwester und Alejandro stundenlang bis zur Erschöpfung über Wasser gehalten haben. Sie haben sich dabei offensichtlich geopfert.

Zurück in Niebla hatte José sofort seinen Sohn, Miguel, losgeschickt, um uns Bescheid zu geben. Für mich und meine Eltern ist an diesem Tag ein Wunder geschehen!

Alejandro ist schon lange tot, und auch Consuelo ist vor ein paar Jahren gestorben. Dieses hier war ihr Zimmer. Sie hat ihre geliebten Hunde nie vergessen, und deshalb halte auch ich dieses Bild in Ehren.«

Doña Marias Augen glitzerten feucht, und auch Hannah versuchte verstohlen, ein paar Tränen der Rührung aus den Augenwinkeln zu wischen.

»Du musst essen, mein Kind.«

Hannah ertappte sich dabei, dass sie noch immer ein angebissenes Stück Apfel in der Hand hielt. Die Geschichte mochte kurz gewesen sein, hatte sie aber völlig in den Bann gezogen. Sie aß weiter, während sie zuhörte.

»Weißt du, in den vielen Jahren seit damals gab es immer wieder Unfälle in der Bucht. Menschen sind über Bord gegangen, ihr Boot ist gesunken, oder sie sind beim Schwimmen in die Strömung geraten. Die meisten haben überlebt. Und viele der Überlebenden erzählten danach von großen, schwarzen Hunden. Entweder haben sie die Hunde vorher am Strand gesehen, so wie du, oder sie wurden von den Hunden über Wasser gehalten. Alle beschreiben die Hunde gleich, und auch du hast sie vorhin so beschrieben wie die anderen. Dabei gibt es in der ganzen Gegend überhaupt keine Hunde mehr, auf die diese Beschreibung passen würde. Nur Consuelos Hunde damals, die haben so ausgesehen.« Doña Maria tippte mit ihren knochigen Fingern auf das Foto in ihrer Hand. »Kopfmenschen wie Diego glauben das natürlich nicht. Für ihn ist es alles Einbildung. Er meint, dass das Überleben der Menschen an unserer Küste mit den besonderen Strömungen zu tun hat, vielleicht auch mit Zufall. Viele der jüngeren Leute im Dorf sind seiner Meinung. In ihren Augen bin ich eine verwirrte alte Frau. Unser Pfarrer wird sogar regelrecht böse, wenn ich mal wieder mit so einer Geschichte anfange. Er hält diese Erzählungen geradezu für Ketzerei. Aber ich glaube dir, so wie ich auch den anderen ihre Erlebnisse mit den schwarzen Hunden glaube. Ich bin mir ganz sicher: An diesem Strand wacht eine höhere Macht über das Schicksal der Menschen.«

IV.

Der wirklich letzte Tag ihres Aufenthaltes in Chile war gekommen. Der Rückflug nach Deutschland war umgebucht, ein Platz im Nachtbus von Valdivia nach Santiago reserviert, die Koffer gepackt. Selbst die Fahrt vom Flughafen zu ihrer Wohnung war schon organisiert. Der wegen ihrer verspäteten Heimreise besorgte und wegen seines Verhaltens ziemlich zerknirschte Daniel hatte in einem Telefonat angeboten, sie abzuholen. Sie hatte zugestimmt. Es gab jetzt eigentlich nichts mehr zu tun, als sich von Diego zum Busterminal bringen zu lassen. Und doch fiel es ihr schwer, sich von Los Molinos mit seinem Strand zu trennen. Ein letztes Mal ließ sie den Blick über die friedliche Szenerie streifen. Die Kamera und die Fotos waren zwar für immer verloren, aber sie wusste, es würde ihr nicht schwerfallen, den Anblick der Corral-Bucht auf immer und ewig in Erinnerung zu behalten. In eine flache Vertiefung an den Felsen goss Hannah etwas von ihrem Wasser und legte zwei Stück Wurst daneben. Mochten die Leute im Ort Doña Maria auch für verrückt halten – sie glaubte an die beiden schwarzen Engel auf zweimal vier Pfoten, die ihr den nassen Tod erspart hatten. Und sie war sich sicher, dass

Wasser und Wurst die richtigen Empfänger finden würden.

Der Autor:

Geboren 1980 in einer Kleinstadt in der Provinz, und dort auch aufgewachsen, war Juan schon von klein auf von Büchern fasziniert. Das geschah sehr zum Leidwesen seiner Eltern, denn er teilte aufgrund dessen weder die Fußballbegeisterung des Vaters noch konnte er von der Mutter für Fehlverhalten mit Stubenarrest bestraft werden. Heutzutage hauptberuflich als Ingenieur tätig, dient ihm das Schreiben als willkommene Abwechslung zum eher nüchternen Berufsalltag.

Schwarze Retter ist die erste Publikation von Juan Martín Pérez.